大いなる意志

苗田英彦
NAEDA Hidehiko

文芸社

目次

銀河の果てで

宇宙は壮大であり、永遠に続くようなものである。銀河宇宙の外縁は更に雄大であり、そこでは地球の歴史が始まる先史の頃に、歴史が始まったそうである。ざっと今から一千万年前には、文化社会が成立していたといううわさも聞いたことがある。今からお話しするこの物語もかなり昔の銀河の果ての世界で起こったことの言い伝え話だ。

カズは大マゼラン銀河団にある惑星タリルという星で産声を上げた。だが、幼い頃にある啓示的な夢を見てしまう。自分が幼い衛星に生まれ変わり、大銀河宇宙の流れの中に埋没して深く潜行し、やがては宇宙の藻屑となって永久に消滅してしまうという夢であった。夢から目覚めたカズは感傷的になり、自分の運命を悲観し深く涙を流したという。

カズの両親は献身的にカズを育てていた。だが、カズが五歳の時に航空機事故で、突然亡くなってしまった。当然、カズはこの時も大いに涙を流したそうだ。でも、この事件がきっかけでカズの心に独立心が芽生え、自己確立を成し遂げた。これ以降、カズは決して悲しい時でも泣くことがなくなった。

カズは年老いた伯父夫婦に引き取られた。しつけや教育に熱心で、カズにとっては息が詰まりそうな毎日だった。食事のマナー、日々の挨拶、感謝の気持ちなどの他、読み書き計算もきっちりと教え込まれる。そんな毎日に耐えきれなくなり、小学校の一年の時に、寝室の窓から飛び出て家出した。後年、カズは老夫婦の厳しい教えが役に立ったことに感謝していたようである。

家出したカズが流れ着いたのは、孤児や不良少年たちが集まる下町だった。そこで、カズたちはホームレス同然の暮らしをしていた。日々の稼ぎは物乞いや靴磨き、道案内などをして、細々と生活していた。

少年たちはやがて集団化して、その中で年長者のシゲがリーダー格となっていった。

シゲは分からないことがあると、カズによく尋ねた。

「カズ、今日の物乞いの売上はどうなっている。」

「パンを十三人分買うにはいくらいるか。」

カズはその都度てきぱきと答えていた。カズは読み書き計算ができたので、重宝がられてシゲよりも五歳若いのに番頭格になっていた。一通り皆の役割が決まってくると、シゲは皆を鼓舞するようにこう言うこともあった。

「みんな、聞いてくれ。いつかは俺たちも世に出て、社会に認められるような存在になるのだ。きっと成功してやるぞ。」

仲間の大半はシゲの意見に賛同したが、カズは世の中そんなに甘くはないと冷めた目で皆を見ていた。


カズたちはホームレス同様の生活の中で、だんだん分かってきたことがあった。物乞いだけではその日食べていくパンを買うこともままならなかった。そんなある日のこと、カズは一人の路上生活者が廃品回収をしているのを見かけた。カズは思い切って声をかけてみた。

「おじさん、その用事、少しはお金になるのでしょ。僕たちにもやらせてくれないかなあ。」

「君たち、物乞いの集団かい。やせ細って大変そうだなあ。よし、いいだろう。親方に紹介してやるよ。」

「ありがとう、おじさん。頼んだよ。」


路上生活者はカズとシゲを案内して親方の所へ連れて行った。

「親方、聞いてくれ。この少年たちは物乞いの集団なのだ。かわいそうにろくろく食べずにやせ細っている。俺にも若い頃、こんな時代があったから、気の毒で見ていられないのだ。俺のシマを一部、分けてやるから仕事を世話してやってくれ。」

「お前がそこまで言うのなら、いいだろう。小僧たち、辛い仕事だけれどやる気あるのだろうな。」

シゲに代わってカズが答えた。

「真面目にやるから仕事を世話してください。お願いします。」

「それじゃあ、こいつのシマの内、通りの向こう側をお前たちにやるからやってみろよ。」

「親方、ありがとうございます。恩にきます。」


カズたちは収集の場所を広範囲にとってもらい、毎日のように廃品回収にいそしんだ。親方の所に持って行った廃品は五千円程度で引き取ってもらっていた。この金でパンを買って飢えを凌いだ。

約半年が過ぎた頃に、カズはシゲと一緒に呼び出された。親方からはこんなお言葉があった。

「小僧たち、よく働くなあ。お前たちのおかげで俺も左うちわでいられる。これで、どこかで旨いものでも食わせてもらえ。」

親方は、カズに十万円渡した。

カズたちは何か美味しい食事でも取れないかと食堂に入った。しかし、入るやいなや、店主に怒鳴られた。

「やい、小僧たち。お前たち、物乞いだろ。そんな汚い格好でくるな。たとえお金があったとしてもお前たちなんかに食わせてやるかい。」

カズたちはどこへ行っても門前払いだった。もうあきらめてせめてパンでも買おうとしていた時に、遠くから放送が聞こえた。


「さあさあ、皆さん。本日は出血サービスデーです。一泊三食付きで二万円、食事だけでも一食二千円となっています。」

その放送を聞いたカズはダメ元で簡易宿泊センターへ行ってみた。

「お姉さん、僕たち十三人なのだけど十万円で泊めてくれない。」

「あんた、計算もできないの。」

「一人二万円だから十三人で二十六万円でしょ。」

「あんた、身なりのわりには学あるのだね。」

「お願い聞いて、お姉さん。僕は読み書き計算ぐらいできるけど、他の者は何にも分からないのだ。このままじゃ先行き不安で仕方ないから何とか助けてよ。」

「分かったわ。何とかしてあげるわ。全員を呼んできて。あなたたち孤児なの。」

「まあそのようなものです。」

「ここは善意の募金で運営されているの。何とか世話をしてあげるから、大人になったらきちんと募金してね。」


カズたちは皆でお姉さんの前で言った。

「本当に僕たちの面倒を見てくれるの。」

「ええ、あなたたちが高校を出るまでは面倒を見ます。」

カズは慎重に言葉を選んで質問した。

「市民権は得られるのですか。その手続きはどうすればいいのですか。」

「この施設に入って五年を経過すると、その条件が整います。手続きは施設の側で行います。」

誰かが質問した。

「募金っていくらぐらいすればいいのですか。」

「一人十万円くらいで結構です。」

カズたちはその場で協議して、入所することに話がまとまった。カズが代表してこう返事した。

「僕たちお世話になります。おなかも減ってきたので、入所したらすぐに食事にしてもらえませんか。」

「そう、分かったわ。でも、入所したらまず食事の前にお風呂に入って着替えてね。そのあと、所長さんからオリエンテーションがあります。いいですね。それと私はワダチといいます。分からないことがあれば何でも聞いてください。」


カズたちが集まっていた町は、惑星タリルの首都プレビアムに近いダウンタウンのペドラスという町だった。カズたちが行ったのは銀河恒星同盟の認可宿泊所のペドラス宿泊所で、そこは一時的な孤児収容施設も兼ねていた。入所するとカズたちは入浴して長年の汚れをしっかりと洗い流して、借りた服に着替えオリエンテーションに臨んだ。

　所長より説明があった。

「私はこの宿泊所の所長で、ヘグリートといいます。ヘグリートさんとか所長さんとか呼んでください。食事は八時、十三時、十九時に提供します。お小遣いが一日に千円支給されます。このお小遣いで売店にて必要なものを買ってもらって結構です。余ったお金は、自由に貯めることもできます。ただし、十八歳までは禁酒、禁煙です。」

　シゲが質問した。

「この施設の外へ出たりすることはできますか。」

「一般に、宿泊部門の方の出入りは自由ですが、孤児収容部門の人は市民権が得られるまでできません。敷地内で生活してください。」

　カズは代表して、次のような質問をした。

「所長さん、僕たち学校はどうなるのでしょうか。」

「当然のことながら、市民権を得るまでは学校へも通えません。ここで特別な講師を呼びますので、その方に付いて勉強していただきます。」

誰かが要望した。

「すいませんが、こんな古い服じゃなく新しい服を買ってもらえませんか。」

その要望にヘグリートは即答せず、ワダチと協議した上で回答した。

「ワダチさんと買い物に行き、なるべく安そうな服を三着ずつ買ってきてください。予算は一人三万以内です。」

シゲは、こう言った。

「僕がリーダーのシゲです。おなかが減っているので早く食事にしてください。僕は学がないので、サブリーダーのカズに挨拶させます。」

「このような待遇を受けることができて、僕たちとても感謝しています。所長さんやワダチさんをはじめ職員の皆様、どうかよろしくお願いします。必ず、大人になったら寄付するようにします。目標を持って日々の生活を送るようにしますので、よろしくご指導ください。」

ヘグリートはこのように言って、締めの言葉とした。

「人生は大海を航路する客船のようなものだと思います。晴れた日もあれば、曇りや嵐の日もあります。どうか、大志を持って自らの人生行路を歩んでいってください。」

その後、カズたちは銀河市場へ初めて行った。市場は活気づいて、食料品、日用品、衣料品など十分すぎるほどの店舗があった。その中にある比較的安い子供服のお店でめいめい好きな服を買ってもらった。日々のお小遣いも順調に貯金するような者も出てきて、中には二、三万円貯めるような者までいた。すべてが順調な日々であった。

そんなある日のこと、ヘグリートは皆を集めてある人を紹介した。
「こちらにおられる方が講師のゼブラ博士です。皆さんに勉強を教えていただきます。難しい所や分かりにくい点などありましたら、遠慮なく質問してください。」

ゼブラはこう挨拶した。
「学ぶべきことは山ほどあります。私が講義したことは、宇宙大辞典などで復習しておいてください。質問もその都度受け付けます。」
「いいですか、皆さん。」

「はい、分かりました。」

「明日から講義を始めますが、まずは宇宙の歴史から学んでもらいます。それでは、よろしくお願いします。」


古典的な宇宙に関する学問を古宇宙学と呼んでいた。ゼブラの講義は分かりやすく、しかも説得力があった。

「まずは、宇宙の歴史について話します。まず、この宇宙に絶対無の空間が存在するとします。そこに、何らかの要因で靄《もや》状の物質が転移してきます。この靄《もや》のような物質の粒子が変動、拡散、収縮をくり返します。やがて、集まってきた粒子は原始物質に変遷します。この物質が収縮し始めてエネルギーを溜め、ビッグバンへと導きます。」

「ビッグバン以降は風船が膨らむように膨脹を続け、やがて針で突いたように割れてしぼんでしまい、もとの靄《もや》状の物質へと戻っていきます。最後は別の宇宙に転送されて、完全に消滅する場合もあります。」

カズが質問した。

「そういった消失した宇宙の後にも歴史はあるのですか。」

「現在では全くの仮説に過ぎないのですが、空間社会が階層構造でできるかもしれないと言われています。これは階と呼ばれており、ジャングルジムのような空間が、個々にエレベーターのように自由に行き来できるような社会構造の世界です。私自身の言葉では、スペースベーターと呼んでいます。」

「他に質問はありますか。今日進んだところは分かりましたか。」

「はい、よく分かりました。」


ゼブラの講義は順調に進んでいった。英語、数学、国語、理科、社会など中学程度の知識も次第に理解できるようになってきた。その後、高校生程度の知識を講義した。このような講義が一通り終わって学力試験が行われた。試験の結果は、カズが優で、シゲは可、その他の者も良か可であった。この結果をうけてゼブラは言った。

「皆さんの学力は、高校卒業程度に達しています。明日からは大学生の一般教養程度の知識を講義していきます。」

やがて、代数学、幾何学、応用数学、応用物理、工業化学、経済学、経営学、教育学、医学、薬理学など広範囲にわたって講義が行われるようになった。この頃には、一般の宿泊客も聴講生として参加するようになっていた。

その中に軍服姿でひときわ目立った屈強そうな青年がいた。彼はカズに近づき、こう尋ねた。

「すまんが講義のことで分かりにくい所がある。もしよければ教えてくれないか。俺はギドーという。」

カズはノートを見ながらギドーの疑問点について説明した。

「ありがとう。君たちは孤児か。」

「はい、そうです。あなたはどこの国の軍人さんですか。」

「ポラリス帝国の将軍をしている。君の名前は何という。」

「カズと言います。」

ポラリス帝国は大マゼラン銀河団の中央部に位置する惑星ゲトラを中心とした、大小三十あまりの惑星群よりなる中規模程度の帝国である。首都はポラリスと言い、政治や文化の中心であった。皇帝が元首となる一院制の立憲君主制で宰相が政治の実権を握っていた。

ギドーは将軍ではあったが元帥位を賜っており、軍事の面では皇帝に次ぐ地位にあった。カズと初めて出会った時、ギドーは四十歳であった。士官学校卒のたたき上げでいわゆる一般教養には無縁だった。カズと出会ったことで、ゼブラの講義もよく理解でき、何かお礼をしなければならないと考えていたようである。

ギドーはカズに言った。

「いつも、ありがとう。よく講義が分かるようになってきたよ。お礼に何をすればいいのか遠慮なく言ってくれ。」

「あなたの得意なことでも教えてくれませんか。」

「そうだな、武術などどうだい。それなら、俺の得意なことだ。」

「お願いします。」

カズたちは集められて、まずは型から手ほどきを受けた。その後、ギドーを相手に組み手の練習をした。

「一応、今日はここまでとする。あとは防具を着けて君たち同士でやってごらん。」

「何という武術ですか。」

「カンフーの流れを汲んでいて、俺たちの国ではポラリス・カンフーと呼ばれている。」

カズたちはゼブラの講義の後にカンフーの習得にいそしんだ。やがて、棒や槍も使えるほどに上達していった。


そんなある日、ギドーのもとへ本国から連絡が入った。ギドーは長期の休暇中であったが、軍人としての役目も果たす必要があった。

「至急連絡する。衛星モーガスで起きている反乱軍による内乱を鎮圧してくれ。」

ギドーは子飼いの精鋭部隊に連絡を取った上で、カズたちにもこう言った。

「どうだい、君たち。俺に協力してくれないか。首尾よくいけば皇帝に頼んで十分な褒美を賜れるよう取り計らってやるが、やってみないか。」

カズたちは相談した結果こう答えた。

「僕たち、カンフーはマスターしたが、銃はまだ使えない。白兵戦だけなら手伝うけれど、危険なまねはしたくない。」

「分かったよ。俺の指示通り動いてくれ。危険なことはさせないと約束する。」

カズたちは迎えの船で衛星モーガスに向かった。宇宙船から見える銀河は美しく壮大で、これからの人生を示唆するように思えた。衛星モーガスは惑星ゲトラの第三衛星で月の二倍程度の大きさがあった。

衛星モーガスに着くと、政府軍の用意した飛行艇で旧都マローンに向かった。この星は移民が多く、政府の圧政に不満を持つ連中も多かった。マローンでは、反乱軍が蜂起して内乱を起こそうとしていた。彼らは銃や槍を持って政府軍と対峙していたが、ギドーは武器の放棄と投降を呼びかけた。だが、そうしつつも政府軍も攻撃準備の手を休めず、緊張した時間が流れていった。カズたちは防弾チョッキを身にまとい、槍や棍棒を持って攻撃態勢を整えていた。

しばらくして、やむなくギドーは命じた。

「全員攻撃に転じろ。カズたちは初陣ゆえ心してかかれ。」

カズたちは、相手の武器を瞬時に打ち落とし拳で峰打ちを食らわしていく。銃を持った連中には後方からギドーの特殊部隊が麻酔銃で応戦した。内乱はたちまち鎮圧された。

ギドーらはその後もモーガス内で起こっている内乱を次々と鎮圧していった。犠牲者も少なく反乱軍からの評価も高く、全面的な和睦調停を勝ち取ることとなった。ここに反乱軍による内乱は終結し、カズたちは意気揚々と惑星ゲトラに凱旋した。

ギドーはカズたちを連れて、皇帝に謁見した。皇帝からはねぎらいの言葉があった。

「この度の戦い、大変見事であった。私は皇帝のシャギーだ。褒美を使わすゆえ何なりと申せ。」

「サブリーダーのカズと申します。どこかに私たちが安住できるような州がほしいと存じます。それと五千億円ほど賜りたいのですが。」

「現在有人の州でもかまわぬか。」

「かまいません。」

「ならば、衛星モーガスのフランデル州を与えよう。報奨金と統治料と合わせて五千億円与えるものとする。君たちは今日から州政府の幹部となる。」

「ありがたきお言葉、光栄に存じます。ポラリス帝国のために身を粉にして働いて参ります。」


カズたちは惑星タリルに戻った。ペドラス宿泊所のスタッフたちに別れを言いに来たのだ。カズは委細をワダチに話した。ワダチは言った。

「そう、市民権も得られたの。良い話だから頑張りなさい。でも、ここで私たちと過ごした日々も忘れないでね。」

「ありがとうございました。いつか約束した寄付もします。」

こう言い残して、カズたちは再び旅立っていった。

ほどなく到着した衛星モーガスのフランデル州は、モーガスでは二番目に大きい州で商都カズンズを抱えている。工業地帯も有する職住近接の州である。

政庁に到着するやいなや、大勢の出迎えを受けた。

「リーダーシゲ以下十二名、ただいまフランデル州の幹部として着任いたしました。シゲは長官に、私カズは副長官に任命されました。」

今までの副長官がねぎらいの言葉を述べた。

「ご苦労様でございます。分からないことは何なりとご質問ください。肩を張ることなくのびのびとやっていきましょう。」

「今までの幹部の方には、常任顧問委員会に参加していただき、忌憚ない意見を拝聴させていただきます。私たちは全くの未経験ですのでよろしくご指導願います。」

「分かりました。できる限り協力致しましょう。」

カズの提案により、組織化された常任顧問委員会の第一回会議が執り行われた。カズは指名を受け、常任顧問委員長にも就任する。まずは予算や決算などについて議事が順調に行われていった。

次に今後の州の施行方針を取りまとめる基本構想について討議が行われた。カズは皆の意見を拝聴した上で、このような見識を示した。

「フランデル州は職住近接の州です。また、商都のカズンズも控えております。工業、商業、農水産業などをてこ入れして発展させ、同時に大規模な産業誘致も行います。更に、住居地域の高度利用化や農業系の地域での区画整理、駅やターミナルでの再開発など都市計画的手法を駆使して、豊かで実りある州を目指そうではありませんか。」

「さらに、交通体系の充実やライフラインの確保、新エネルギーの開発等、基盤整備にも力を注いでいくべきだと思います。」

一同はカズの見識の深さに脱帽した。シゲは州長官のいすをカズに譲ろうかとさえ考え始める。カズは固辞したが、第二回の常任顧問委員会にて承認された。カズの後任の委員長には前副長官が就任した。カズはささやかではあったが、フランデル州のトップに躍り出た。

こうして十年の月日が流れた。常任顧問委員会は名実ともに、フランデル州の大黒柱になっていた。州はめざましい発展を遂げ、著しく変貌した。カズはそろそろ国政に目を向けてみたいと思い始めていた。

そんなある日、フランデル州選出の国会議員の一人がカズの元を訪れた。

「私はもう年だし、今度の選挙には出るつもりはない。どうかね、長官。あんたが出馬するなら、応援態勢も準備ができるのだが。」

カズは即答を避け、常任顧問委員会の決議を受けた。会議は紛糾した。

「カズはいわば新参者だ。議会に出ても十分な活動はできそうもない。無視されるだろう。」

その中で、シゲだけは冷静にこう発言した。

「いつまでもフランデル州にこだわっていてばかりでは、大局を見失ってしまう。今こそフランデル州より出馬して、国政にも参加しようではないか。」

「いい名前を考えた。カズ、これからはセントライト・フランデルと名乗って、一緒に戦ってみよう。」

カズはシゲの言葉で出馬を決めた。カズは出馬の決意表明を述べて、最後にエールを唱えた。

「セントライト・フランデル万歳。」

「万歳。」


ポラリス帝国の議会は一院制からなる立憲君主制で、元首は皇帝、国権の最高機関の長官は宰相である。カズは帝国議会議員選挙戦で、孤児問題や辺境の衛星地域の整備構想などを訴え、予想通り当選した。帝国議会の金の絨毯を初めて踏んだのは、カズが三十五歳の時だった。

カズは議員になったものの、いわば新参者で全く誰にも見向きもされなかった。無所属で活動していたが、何もできず、地道な議員活動を続けていた。やがてその活動が認められて、建設常任委員会の委員に選出された。カズは質問の機会が与えられた時に、衛星モーガスをはじめとする辺境の衛星地域の開発に関する質問をする。

「本国のある惑星タリルに比して辺境では開発が遅れています。この件に関して、宰相の基本的な考えをお聞かせください。」

「国は衛星群にある各州についてどのようなライフライン構想をお持ちでしょうか。」

「本国のような交通体系を構築していくのに関しての建設大臣よりの決意のほどをお伺いします。」

カズの質問に対して、答弁側の政府はたじたじとなった。この様子をマスコミの一部がスクープし、カズの名前は一躍有名になった。カズは地道な議員活動とともに評価されて第二会派と統一行動を取ることになった。


やがて、時が来て次の選挙の時となった。世論はカズの主張や人気に傾きかけていた。カズは自信を持って、セントライト・フランデルより大勢の候補を擁立した。

カズは応援演説で、こう訴えた。

「皆さん、国は辺境地帯をないがしろにしています。今の政府にどんな辺境開発への姿勢があるというのでしょうか。ライフラインは旧態依然、交通網も未発達。これでは衛星群に未来はありません。我々はフランデル州でやってきた経験を生かして、皆様に豊かなる各州に応じた施策を講じていこうとするものです。どうか、セントライト・フランデルを応援してください。」

カズは追い風の中で、圧勝した。カズの率いたセントライトからは大量の当選者が出た。シゲも恥ずかしそうに金の絨毯を踏みしめることになった。

以前と違って、シゲにも政治に対する見識が芽生え始めていた。地道な議員活動にも取り組んでいこうと、決意を固めた。一方、カズはいきなり厚生委員会の副委員長に就任した。質問に立つことはなかったが、統一第二会派の立場で委員会運営に精を出していた。カズは、孤児難民問題や亡命問題などにも踏み込んで議事運営を図った。

こうして三期目も議員として無難に事をなしていった。辺境問題に詳しいカズは自治副大臣にも抜擢される。三期十二年が過ぎてカズはセントライト・フランデルのリーダーとして、また統一第二会派にもなくてはならない存在となっていた。この時、カズは四十七歳になっていた。

第四期目にはカズは統一第二会派を代表して、ポラリス帝国議会の副議長に就任した。三権の副長として、公私ともに忙しかったが、セントライトの他のメンバーの中にも委員会の副委員長や副大臣にもなる者もいて、セントライトは統一会派の中でも主流となってきた。

そんな時に、予算委員会で宰相が不用意な発言をした。

「私と致しましては、ポラリス帝国の開発はあくまで本国、惑星ゲトラの開発が優先されるべきで、辺境の開発は調和ある開発を粛々と行っていくべきだと認識しております。」

この発言は辺境地域を後回しにせざるをえないという今の政府の統一見解で、第二会派、第三会派共同で、内閣不信任案が提出された。政府与党の中にも、造反議員が出て、不信任案は可決される。宰相は憲法の規定により、議会の解散を選択した。

カズの率いるセンライト・フランデルは積極的に動いた。第二会派との合併を訴え、これを実現させて、カズ自身が新第二会派の党首となった。選挙ではカズは今までにも増して強く訴えた。

「皆さん、聞いてください。私の政治施策にはもはや辺境問題という言葉は存在しません。どの衛星にあっても、それぞれの特色を生かして自由で文化的な生活が送れるように努めて参ります。また、本国ゲトラとの交流も進め、空港、ターミナル拠点等を整備し、あわせて総合的な交通体系を目指します。一州一事業の創設を行い、積極的で特徴有る衛星群を構築します。これにより本国ゲトラも同時に発展を遂げ、ポラリス帝国の将来は明るい希望あふれる国となりましょう。

どうか、センライトを応援していただき、皆様の一票を投じてください。」

センライト（新生第二会派）は追い風にも乗って圧勝した。都市部で票を伸ばした第三会派とともに、帝国議会の過半数を得ることになった。

宰相は議員の互選によって選出されることになる。カズは統一の宰相候補として、投票に臨み、見事当選する。この時カズは五十歳となっていた。これで、念願のポラリス帝国のナンバーツーになることができた。宰相の認証式の際、皇帝は長年のカズの功績にねぎらいの言葉をかけ、ポラリス勲章をあわせて授与した。

カズは直ちに組閣を始め、セントライトの旧フランデルのメンバーも重用した。シゲも財務大臣に就任した。

その日、旧フランデルのメンバーだけが集まって、祝賀会が行われた。そして、その席でひとり一千万円のペドラス宿泊所への寄付を決めた。カズはその席でこう挨拶している。

「思えば長いようで、短い三十年あまりでした。シゲを始めとして、今日まで私を応援、協力していただいたことに深く感謝します。あとは乾杯の音頭を取ってくれるシゲに任せます。皆さん、本当にありがとうございました。」

一同から拍手がわき起こり、誰かが古いエールを唱えた。

「セントライト・フランデル万歳。」

「万歳。」

カズはその後も宰相として、一州一事業の実施や総合的な交通施策、移民問題、孤児難民問題などに取り組んでいった。皇帝の名代として、銀河恒星同盟評議会でも副議長まで務めるようになった。

六十歳に手が届こうかという頃、カズはある人を介して恒星同盟の一国の王女と見合いをすることになった。カズ自身は身分の違いにためらいがあったものの、カズの銀河での評判を聞いた王女に熱心に口説かれ結婚に至った。

その後、一男、一女に恵まれて、幸せに暮らしている。恒星同盟の上部団体、全銀河惑星評議会機構の常任幹事にも選出を受けている。

銀河の果てでカズの人生に起こったこの物語は、単なる立身出世伝ではない。仲間との友情、たくさんのメンターによる導き、そして、何よりも地道に努力するカズの人徳が成した、ひとりの少年の成長物語なのだ。

（完）

大いなる意志

銀河は古くから存在し、広大で人間の意志とは無関係に動いているものである。それはまさに神の意志が働いているかのようなものだ。

ナーダは銀河第三世界に存在するプレメデウス銀河に属する惑星タシュケントに住んでいた。ナーダは孤児だ。育ての父が市場の片隅できれいな衣装に包まれ、捨てられていたナーダを見つけたと、後に話してくれた。

廃品回収業を営む父は孤児のナーダを不憫に思い、妻に相談し、引き取ることにした。貧しい生計の家ではあったが、夫婦には子供がなく、実の子同然に可愛がられて、ナーダはすくすくと育っていった。中学校まで通わせてもらったナーダは悩み抜いた挙句、高校には進学せず家業の廃品回収を手伝うことにした。勉強はよくできる方であったが、養父母に遠慮もあったようだ。十五歳の時、養父母の実家の離れに独立した小屋を建ててもらい、育ての父である親方の仕事を手伝うようになった。この頃から、ナーダは父のことを親方と呼ぶようになった。小さめのリヤカーをあてがってもらい、主にプリウスという田舎町をシマにもらって、細々と生計を立てていた。ナーダは稼いだお金を貯金していた。夢は自分で廃品回収業以外の商売を起業することであった。

その日、ナーダはいつものように仕事にいそしんでいた。空き缶や段ボールなどの廃品をリヤカーいっぱいに集めて、親方の街まで運んで日銭に換えるという商いだった。今日は順調に廃品が集まり、リヤカーいっぱいに廃品が集まっていた。昼休みを兼ねて町外れの食料品店でパンと飲み物を買い、木陰に入って休憩をとった。その日は天候も良く、昼からの仕事も順調にいきそうだとナーダは思っていた。ところが昼過ぎから一転にわかに曇り、あっという間に辺りが暗くなって雷鳴が響き渡った。ナーダは雷を避けて大きな木立の陰に隠れるように身を潜めた。

その瞬間に雷鳴がとどろき渡り、ナーダを直撃した。通常は雷の直撃で即死する場合もあるが、幸いにも曳いていたリヤカーがアースの役割をし、頭に激痛が走っただけで一命を取り留めた。

しばらくの間、ナーダは失神していたが、やがて気が付いて起き上がった。その時である。奇妙で囁くような音が頭の中から響いてきた。

(私は、あなた。貴方は誰なの。)

ナーダは慎重に言葉を選んで、心の中で呟いてみた。

(一体どこから話しかけているの。)

そのささやきの声は答えてくれた。

(私は、あなたという種族の一人なの。貴方の頭の中に意識体として存在しているわ。貴方の名前を聞かせて。)

(僕の名前はナーダ。この星で親方夫婦と廃品回収をして生計を立てている。)

(私にも、固有の名前はあるのだけれど、今はあなたと呼んでね。)

(それはいいけど、仕事の邪魔だからどこかへ行ってくれないかなあ。)

(そうしたいのだけれど、さっきの落雷のせいでそういうわけにもいかないのよ。)

(だったら黙って寝ていてくれないか。)

(分かったわ、そうするわ。)

ショックから立ち直ったナーダはその後も仕事に励んで、親方のいる街のはずれの市場に差し掛かった。時刻はもう夕方の四時を回っていた。今日は変なことが続いたので、ナーダは仕事を早めに切り上げることにした。その時にあなたのささやきがまた聞こえた。

(もう仕事は終わったの。)

(あなたはどうして家に帰らないの。)

(私は事情があってナーダの身体を離れることができないの。)

(じゃあ、食べることも動くこともできないのかい。)

(身体はナーダと一体なの。ナーダに付いているから動けるの。ナーダが食べ物を食べると私も美味しく感じると思うわ。)

(分かったよ。ちょうどいいや、話し相手が欲しかったんだ。友達になってくれるかい。)

(ええ、いいわよ。)

（良かった。それじゃ、仕事の精算が済んだら家に帰るよ。）

ナーダは、親方の事務所へと向かった。


幸いにも親方は事務所にいた。義父だが、父からはくどいように親方と呼ぶように言われていた。

「やあ、親方、今日も無事に仕事は済んだよ。今日は思いの外稼げたよ。」

「どうしたんだ。上機嫌の割には顔色が悪いぞ。」

「親方、実は大変だったんだ。」

（ナーダ、あの話はやめてね。）

「どうしたのだい。」

「たいしたことじゃないけれど、金貨を一枚拾ったのだ。」

「ちょっと見せてみろ。ほぉ。アーセナル金貨の千八百五十五年物か。」

「価値あるものなのかい。」

「これは、とても珍しいものだよ。」

「それより今日の上がりを清算しておくことにしよう。」

「おい、誰かいるか。ナーダの上がりを計算してやってくれ。」

「ところでナーダ、金貨はどうするのだい。」

「今まで親方に世話してもらってばかりだから親方に譲るよ。」

「いいのかい。この金貨一枚でわしの家ぐらいは買うことができる代物だぞ。」

「いいんだよ。その代わり今日の上がりには少し色を付けてくれないかなあ。」

「そうかい、分かった。よく聞いてくれ。今日の売上は二割増しで引き取ってやれ。」

「親方、計算ができました。通常五十ドルのところ六十ドルとなりました。」

「それじゃあナーダ、これを渡すよ。」

「ありがとう、親方。」

「明日も頑張ってくれよ。」


事務所を出て、ナーダは街の市場へと向かった。もちろんあなたも一緒である。食料品店のおかみは幼い頃からのナーダのなじみであった。

「やあ、おばさんこんにちわ。今日は久しぶりにいい仕事ができたんだ。ごちそうといきたいね。」

「ナーダ、今日の献立は何にするつもりだい。」

「何にしようかなあ。そうだ。すき焼きにするよ。」

「良い肉が入っているよ。」

「それじゃあ、牛肉三百グラムと豆腐と糸こんにゃく、エノキとあと野菜も適当に見繕って。」

「はいよ。」

「それからおばさん。割り下も頼むよ。」

「分かっているよ。」

（ナーダ、私の国でも料理はよくするの。私も得意料理を教えるから追加で必要なものを買って。）

（何を足せばいいの。）

（砂糖と醤油、和風だしの素とナスを買って。あと牛肉ももう百五十グラム追加してね。」

ナーダは言われるままに注文を繰り返した。

「おばさん、ジャパンという名前のだしの素だけどあるかなあ。」

「倉庫を探してみるよ。ところで、ジャパンって何のことだい。」

「日本語を、つまりジャパニーズを公用語で話す民族のことらしいのだ。」

「だったら、ジャパン王国とか、ジャパン共和国とかといった国の人たちのことかい。」

「そうだよ。その人たちが使っているだしの素を探しているのだ。」

おかみは倉庫の片隅でジャパンとラベリングされた和風だしの素を見つけた。

「あったよ、ナーダ。でも全部で結構いい値段になるけどいいのかい。」

「いいけど、少しは負けておいてよ。」

「それじゃあ全部で三十五ドルだけど、特別に三十ドルでいいわよ。」

「じゃあ、これで。おばさんありがとう。」

自分の小屋に戻ったナーダは、さっそく料理の準備に取り掛かった。すき焼きは何度も作ったことがあったので手馴れていた。ナーダは、あなたに得意料理のことを尋ねた。

（どういう料理なの。）

（ナーダ。それより、パンの買い置きはあるのね。）

（ああ、あるよ。）

（説明するわ。）

（ナス二本、牛肉百五十グラム。だしの素小さじ二、しょうゆ大さじ二、砂糖大さじ二半を用意するの。）

（手順はこうよ。）

（水を沸騰させ、牛肉を煮込むの。だしの素を入れて煮立ったら灰汁取りをするの。）

（牛肉が柔らかくなったら、しょうゆ、砂糖を入れて輪切りにしたナスを入れ煮込むの。）

（水分がなくなりひたひたになってナスがしんなりしたら出来上がりよ。）

（意外と簡単だなあ。）

（そうでしょ、私たちの国ではナスが出始める頃によく作るわ。）

（料理の名前はあるの。）

（私たちは、牛ナスと呼んでいるけれど、あえて名前を付けるとしたら牛肉とナスの甘辛煮込みというところかな。）

（それじゃあ出来上がってきたから、すき焼きの準備もしておくよ。）


ナーダはいつも一人寂しく夕食をとっていた。その日、姿は見えないけれども、あなたと一緒に食事をすることができた。ともにささやきあって楽しい時間を過ごせた。


ナーダはまず自分のことについて話した。あなたは自分のことには触れずにナーダの話に相槌を打っていた。そのうち話すことが途絶える頃に、ナーダは日頃から疑問に思っていることをあなたにぶつけてみた。

（僕はこの星から一歩も外へ出たことがないんだ。宇宙とか銀河とかいうものはそんなに広くて壮大なものなのかい。）

（そうねえ、確かに広大で壮大なものよ。いつか貴方も分かる時が来ると思うわ。）

（親方は仕事仲間の寄り合いで近くの星まで出かけることがあるんだ。僕もいつかは行ってみたいよ。）

（ナーダ、早く一人前になってお父さんのような人になることを目指せばいいのよ。）

（ところで、あなたのような種族がいるのであれば僕も私も君もいるのかい。）

（ええ、そのとおりよ。でも、意識体としての存在では僕は鼻、私は口、君は耳に存在することになるの。）

（それじゃあ、仲間も呼んでくれないかい。）

（できればそんなことはしたくないわ。みんなおしゃべりだし、ナーダと二人きりでゆっくりとしたいわ。）

（それじゃあ、何か別の話でも聞かせてよ。）

（そうねえ、話もあることはあるけれど、それより何か歌でも聴かせてあげるわ。）

あなたは澄んでささやくような声であなたの世界のことを歌にして聴かせてくれた。

（私は祈るあなたの未来

僕は歌う　君の明日
二人ずつのペアを組んで
互いの胸の　奥に潜む
めいめい夢を　語り聞かそう

美酒に酔いしれ　皆で乾杯
僕〜あなた
君〜私
銀河の宵は　静かに更けて
久遠の歴史　まこと刻まん）

ナーダはうっとりとして意味もよく理解もせずに聞き惚れていた。
（ありがとう、あなた。素敵だったよ。）
この夜ナーダはぐっすりと眠りにつくことができた。

翌朝、ナーダはいつものように親方の事務所を訪ねた。親方は、あいさつも手短にナーダに尋ねた。

「仕事の段取りはいつも通りだが、ちょっとナーダに聞いておきたいことがある。」

「何だい、親方。」

「お前はニーダという少年のことは聞いたことはないかい。」

「いいや、全く知らないよ。」

「それがなあ、今朝方あちこちでお前に似た写真を持って、聞きまわっていたそうなんだ。もちろん、みんな知らないと言って答えたらしいのだが……。」

「詳しいことは教えてもらえなかったそうだが、幼い頃に里子に出された双子の兄がニーダという名前だそうだ。」

「親方、僕の名前は、どうしてナーダっていうの。」

「拾った時にナーダと書かれた名札が貼ってあったんだ。」

「するとなにかい。僕の本当の兄がニーダさんっていう人なのかい。」

料金受取人払郵便

新宿局承認

2525

差出有効期間
2025年3月
31日まで
(切手不要)

郵便はがき

1 6 0-8 7 9 1

1 4 1

東京都新宿区新宿1－10－1

(株)文芸社

愛読者カード係 行

お名前《ふりがな》		明治　大正 昭和　平成　　年生　　歳
ご住所《ふりがな》	□□□-□□□□	性別 男・女
お電話番号	(書籍ご注文の際に必要です)	ご職業
E-mail		

ご購読雑誌(複数可)	ご購読新聞 新聞

最近読んでおもしろかった本や今後、とりあげてほしいテーマをお教えください。

ご自分の研究成果や経験、お考え等を出版してみたいというお気持ちはありますか。

ある　　ない　　内容・テーマ(　　　　　　　　　　　　　　)

現在完成した作品をお持ちですか。

ある　　ない　　ジャンル・原稿量(　　　　　　　　　　　　　　)

書　名			
お買上 書　店	都道 府県　　　市区 郡	書店名	書店
		ご購入日	年　　月　　日

本書をどこでお知りになりましたか?

1.書店店頭　2.知人にすすめられて　3.インターネット(サイト名　　　　)

4.DMハガキ　5.広告、記事を見て(新聞、雑誌名　　　　)

上の質問に関連して、ご購入の決め手となったのは?

1.タイトル　2.著者　3.内容　4.カバーデザイン　5.帯

その他ご自由にお書きください。

(　　　　)

本書についてのご意見、ご感想をお聞かせください。

①内容について

②カバー、タイトル、帯について

弊社Webサイトからもご意見、ご感想をお寄せいただけます。

ご協力ありがとうございました。

※お寄せいただいたご意見、ご感想は新聞広告等で匿名にて使わせていただくことがあります。

※お客様の個人情報は、小社からの連絡のみに使用します。社外に提供することは一切ありません。

■書籍のご注文は、お近くの書店または、ブックサービス(0120-29-9625)、セブンネットショッピング(http://7net.omni7.jp/)にお申し込み下さい。

「お前によく似た顔をしていたそうだ。もっともお前の右ほほにある大きなほくろはなかったそうだ。」

「親方、その話は誰から聞いたの。」

「市場の食料品店のおかみからだよ。」

「それで、聞きまわっていた人はどんな身なりをしていたのか分かる？」

「ああ、おかみの話では一見どこかのお屋敷の執事のような出で立ちで、きちんとした言葉遣いだったそうだ。」

「おばさん、詳しいことを聞いたってことは、僕のことも話したのかい。」

「信用できる方のようだったので、私の事務所と、ナーダという名前だけ話したそうだ。」

「親方、情報をありがとう。何だかワクワクしてきたよ。」

ナーダはあなたに今の話について問うてみた。

（あなた、今聞いた話についてどう思う。）

（つまり、ニーダとナーダは双子の兄弟として生まれたってことね。良家では世継ぎ争いの時にもめないように、あらかじめどちらかの子供を殺したり里子に出したりすることが多いそうよ。）

（それじゃあ、僕が捨て子にされたのは、将来もめごとが起きないようにするためなのかい。）

（多分、殺すように命じられた家の方が不憫に思って、この星までやってきて捨て子にしたんじゃないかと思うわ。）

（じゃあ、今になって何で僕のことを探し回るんだろう。）

（それは私にも分からないことよ。とにかく様子を見ましょう。）


ナーダは兄かもしれないニーダとは、切っても切れない関係にあるような気がしてきた。そして、ニーダのことで心の中が不安でいっぱいになった。でも、あなたがそばにいてくれることが、ナーダの心の不安を少なからず和らげてくれた。食事をする時、入浴する時、眠る時もあなたと何かささやきあって言葉を交わすことで、ナーダはあなたのことを頼もしく思えるようになっていた。


そんな毎日の中で、不幸なことが当然のように降り注いできた。

ある日の朝早く、ナーダはあなたの声で飛び起こされた。

(ナーダ、起きて。お願いだから起きてよ。)

(何だいあなた。お願いだからゆっくりと寝かせておくれよ。)

あなたはナーダにささやいた。

(ナーダ、聞いて。表の様子が何かおかしいわ。)

(何でそんなことが分かるの。)

(ナーダには黙っていたけれど、私の心には五百メートル四方の様子が手に取るように分かるの。)

(今、どんな様子なのだい。)

(近所のおばさんのところで、黒いスーツ姿の連中が写真を見せて、このような顔のやつに見覚えはないかと尋ねているところよ。)

（困ったなあ。ああ、そうだ。あなた、そのおばさんにだけ聞こえるように囁けるかい。）

（ええ、できるわよ。何て言えばいいの。）

（私はナーダの友達です。その男たちは何か悪いことを企てているようなので、ナーダのことは全く知らないと、答えてください。）

（分かったわと言っているわ。）


「おっちゃん、私はこの近所では世話好きのおばさんで通っているのさ。あんたの見せた写真の顔の人なんか見たこともないよ。」

「そうかい、ありがとうな。でも、礼ははずむから、何か分かったら知らせておくれよな。また来るよ。」


ナーダは不安に駆られていた。そのことをあなたに話してみた。

（そうねえ、もし不安なら、私の部下を呼んでもいいわよ。）

（例えば、君とか僕とか私を呼んでくれるのだね。）

（ええ、そうよ。私一人の意志では、ナーダを守り切れないわ。）

（分かったよ。呼んでくれ。その人たちの食い扶持を確保するために、僕の仕事も手伝ってもらうよ。）


あなたは、しばし天を仰ぐように見つめていた。突然のように、三人の男が現れた。

（紹介するわ。侍従長の私、宮廷武官長の君、そして近衛隊長の僕です。ともに文武ともに優れた私の部下なの。）

私は初老の紳士、君は壮年、僕は決起はやる青年だった。やがて、遠くで物音が聞こえた。

「やい、ナーダ。聞こえているか。聞こえているなら返事ぐらいしろよ。俺たちは宰相のオズワルド様の弟子たちだ。」

あなたは、皆にこう命令した。

（静かにしていて。少し様子を見ていましょう。）

「聞こえないのか。それなら、こちらから踏み込んでやるぞ。」

「姫様、仕方がないようですなあ。強行突破されたら、こちらも何とか応戦するしかないようですなあ。」

（じい、安心して。私も精いっぱいのことはするわ。）


オズワルドは、大きな声で叫んだ。

「やい、ナーダ、聞こえないふりをしても無駄だぞ。」

「ナーダ、今から踏み込んでくるわ。」

あなたは皆に注意を促した。やがて、黒服の男たちはドアを蹴飛ばして、小屋の中へと入ってきた。

すかさず、私が一撃をくらわし、逃げ道を作った。

（みんな、行くわよ。）

私のあとにナーダが続いた。追手は僕と君が取っ組み合いをしながら制した。僕は、敵を三人まとめて投げ飛ばしていた。

「くそっ、追いかけろ。」

ナーダたちは、全力で逃げようとしたが、相手も必死になって追いかけてくる。そんな中で、私はあなたにすがるように頼んだ。

「姫様、ナーダ様がおられては、とても逃げおおせるものではございません。お力をお貸しください。」

(どうすればいいの。)

「姫様のお力で、私たち四人を一キロメートルほどテレポートしてくださいませ。」

(分かったわ。四人は重たいけれどもやってみるわ。準備はいい。)

(分かったよ。)

(えい。)

四人は一瞬のうちに黒服の男たちの前から消えてしまっていた。

あなたはナーダに強い口調で囁いた。

（ナーダ、もう一刻も猶予はありません。オズワルド一味があなたを狙っていることは明白です。）

（どうすればいいの。）

（私は、どう思いますか。）

（とりあえず、私のほうから母国に連絡を取って、ナーダ様の母国を調べてみましょう。）

（そうねえ、そこにオズワルドという悪者もいるようね。）

（その後で、オズワルドの悪事を暴くために、ナーダ様を母国に送り届けるというのはいかがでしょうか。）

（いい案だわ。ナーダ、そのようなことでいい？）

（いいよ、分かった。）

あなたは、私に命令をした。

（私は本国に連絡を取りなさい。ナーダの出生の秘密を調べるのよ。）

「了解しました。」

「こちらは侍従長のビエルだ。タシュケント星にいるナーダ様という方の出生の秘密を調査してくれ。今から、写真データを送る。」

「了解。何か他にヒントになるようなことはありませんか。」

「その母国にオズワルドという男がいる。どうやら悪だくみを企てているようだ。」

「承知いたしました。」

ビエルは、あなたに要請した。

「ここまで来ましたら、みんな名乗るほうがいいでしょう。」

(じいから紹介して。)

「私はビエルという侍従長です。君は宮廷武官長のノーテル、僕は近衛隊長のモービスと言います。そして、ナーダ様に乗り移っているのはナターシャ姫と言います。」

「ビエルさんたちは、何という国から来たのですか。」

「はい。カノープス大銀河団に所属する惑星メビウスにあるルーテル王国と言います。ナターシャ様は国王の二番目の王女様です。」

しばらくして、ビエルに本国から連絡が入った。

「銀河連邦より、ナーダ様によく似た人物に関する照会が出ています。銀河惑星同盟中央公安局から、惑星会議首都モーガス星のダビデ王国のニーダ皇太子によく似た人物がいたら、連絡されたいとの依頼もあります。」

「それでどうした。」

「公安局に問い合わせたところ、幼い頃に里子に出されたナーダ王子であることが判明しました。」

「了解、ありがとう。こちらはナーダ様を安全にダビデ国まで送り届けると連絡しておいてくれ。」

「それでニーダ様はどうされたのだ。」

「一年前に、ご病気で亡くなられたそうです。ダビデ国は世継ぎ問題で国内が紛糾していると報告を受けています。」

「どういうことだ。」

「はい、詳しいことまでは聞いておりませんが、宰相のオズワルドが議会に働きかけ、王制を廃止して共和制にしようとしているようなのです。」

「すると、ナーダ様はオズワルドにとっては邪魔な存在ということなのか。」

「オズワルドは共和制になれば、自らが総統になって全権を掌握しようとたくらんでいる様子です。」

ナターシャは、ビエルと本国とのやり取りを、ナーダにこう告げた。

(ナーダ、よく聞きなさい。これは貴方だけの問題ではありません。ダビデ王国に行って国王に謁見し、国王の許しが出れば亡くなったニーダの代わりに皇太子になり、母国の安定を図らなければなりません。ナーダにその覚悟がありますか。)

(そんなこといきなり言われても、僕には分からないよ。)

(ナーダ、駄々をこねてもだめです。まずは、国王にお目にかかって、真意を問うのです。)

(分かった。言われたようにするよ。)

ナターシャはナーダに尋ねた。

(ナーダ、セントモーガスに行くには費用もかかるわ。ビエルたちも急に来たので持ち合わせがないの。)

(そうだなあ、二万ドルぐらいはあるかな。)

この時代には銀河を走る路線バス網が充実していた。ビエルはこう説明した。

「タシュケントからセントモーガスに行くには、一度オアシス星団の惑星キャナル市場で乗り換えなければなりません。」

「銀河バスはいくらぐらいかかるの。」

「一度の乗船で三百ドルと聞いております。」

「すると、運賃だけで二千四百ドルかかるということなのだね。」

「飲まず食わずというわけにもいかないので、一食四百ドルとして計十六食、約七千ドルはかかります。」

「キャナル市場で、泊まるとして、木賃宿でも宿泊費は四人で四千ドルはかかります。」

「じゃあ、全部で一万五千ドルかかるなあ。」

「それに、国王に謁見するとなるとナーダ様にも良い服が必要になってきます。」

（ナーダ、悪いけど全財産を使う覚悟をしてね。）

「そうと決まれば、銀河バスの停車場まで歩いていきましょう。」

一行は、タシュケントにある銀河バスの停車場の一つのグリッドまで、約一時間歩いて到着した。


間もなく銀河バスの出発時刻となった。まずは、中継地点のオアシス星団のキャナル市場まで飛び立つことになる。ナーダは初めて見る宇宙の広大さに驚いていた、宇宙は青く荘厳で、これから起こるであろう運命にも真っ直ぐに向き合えるような気がしていた。

惑星オアシスのキャナル市場は銀河連邦に所属する特別自治領であり、交易で大きく栄えていた。ホテル、旅館、商店街、銀行などが乱立していた。

まずは、市場の外れあたりにある木賃宿をあたってみた。四人合わせると三千ドルでいいというのでそこに宿をとった。

ナーダは、見るものすべてが珍しく、ビエルの案内で屋台街にも足を運んだ。

「ビエル、このお菓子みたいにくるまっていて焼いてある食べ物は美味しいのかい。」

「ナーダ様、これは餃子という食べ物でチャイニーズが好んで食べます。ジャパンにも同様のものがあります。とてもおいしいですよ。私たちはもう少し安い店で食べてきます。」

「ビエル、遠慮しなくていいんだ。服なんて安い中古でいいんだから、この店でみんなも食べようよ。」

「ありがとうございます。それではラーメンとチャーハンと餃子のセットをいただきます。」

「いくらですか。」

「全部で千ドルです。」

食事が終わると、ビエルはこう言った。

「私たちは先に宿に帰っています。ここからはナターシャ様とお出かけください。」

「分かったよ。」

ナーダはナターシャに導かれるままに、キャナル市場を歩いてみた。ある古着屋の前でナターシャが言った。

(このお店にしましょう。必ずまけてもらうのよ。)

「いらっしゃいませ。何かお探しですか。」

「僕に合うような中古のスーツを探しているのだけど。」

「ご予算はいくらぐらいでしょうか。」

「精一杯で五千ドルぐらいなのだ。」

「それじゃ表に吊しているスーツなどはいかがでしょうか。」

「いくらなんだい。」

「そうですねえ。六千ドルの値段がついていますが。」

(合わせてみて、いいと思ったらもう少しまけさせて。)

「合わせてみるよ。」

「どうですか。生地もいいものなんですよ。」

（どうしよう、ナターシャ。）

（毅然として自分の身分を言ってみて。）

「店主、五千ドルしか手持ちがないのだ。悪いがまけてくれないか。」

「そうしてあげたいのですが、どこの誰だか分からない人にはできかねる相談です。」

「僕はセントモーガスにあるルーテル国のナーダ王子だ。もうすぐ、皇太子になるかもしれないのだ。」

「さようでしたか。」

「事情があって里子に出されていたのだが、明日国王に謁見しに行くのだ。」

「それは大変光栄なことです。」

「僕に便宜を図ってくれていたら、きっといいことが起こるよ。」

「分かりました。五千ドルで結構です。」

（ナターシャ、似合っているかい。）

（ええ、とってもお似合いよ。）

「店主、どうもありがとう。」

「いいえ、こちらこそ。」

ナーダは意気揚々として宿に帰っていった。宿に戻って、翌朝の支度をして早めに床に就いた。

銀河バスは、翌朝早々にキャナル市場を出発した。残った千五百ドルで、船内でコーヒーとパンを買って食べることができた。手元にはわずか七百ドルだけが残った。

（ナーダ、覚悟はできているわね。もう思い残すことはないでしょう。ここからは貴方次第よ。）

（分かっているよ。国王に謁見してオズワルドの悪だくみを洗いざらい説明して、国難を救ってもらえるようにするよ。）

長い時間のようだったが、二時間ほどでセントモーガスの港に着くことができた。下船前に、ナーダはスーツに着替えて、桟橋へと下りて行った。通りに出ると、多くの人が驚愕の声を上げた。

「まさか、ニーダ様の亡霊か。」

「ニーダ様を騙る偽者なのか。」

そこへオズワルド一行がやってきた。

「やい、ナーダ。ここから先は一歩たりとも通しはしないぞ。」

「野郎ども、とっちめて生け捕りにしろ。」

オズワルドたちがナーダたちを取り囲むや否や、ナターシャの力で一行は宮殿のあるお城へと続く道にテレポートしていた。


ナーダたちが城壁の門へ差し掛かると、衛兵が待ったをかけた。

「やい、ニーダ様を騙る偽物め。断じて通すわけにはいかないぞ。」

ナーダは自信たっぷりにこう言った。

「ニーダ皇太子の双子の弟でナーダというものだ。幼い頃に事情があって里子に出されていた。今の国難に際して私が少しでもお役に立てればと馳せ参じた。通してほしい。」

そう言って衛兵に紙幣を握らせた。

「お役目ご苦労様です。どうぞお通りください。」

「その方々はどちらの方です。」

「私たちは惑星メビウスのルーテル国の侍従長ビエルとその側近です。今日まで縁あってナーダ様をお守りしてきました。」

「さようでしたか、ありがとうございます。さあどうぞご一緒にお入りください。」


ナーダはネクタイを締め直し、スーツの襟を正して城内へと入っていった。宮殿は城内に点在していた。王宮に続く廊下を経て国王が鎮座する玉座の間に差し掛かった。執事が扉を開き、ようやく国王と対面することができた。王妃は国王の横に座ってにこやかに微笑んでいらした。

国王は長年の労をねぎらうお言葉をナーダにかけた。

「ナーダ、今まで苦労を掛けたな。心より謝りたい。ニーダに双子の弟がいたらきっと世継ぎ争いに巻き込まれる。そんなことを考えていた余の不徳の致すところだ。今となっては、ナーダ、お前が唯一の世継ぎだ。」

「父上、あえてそう呼ばせていただきます。私は一介の廃品回収業者です。とても国を背負って立つような器ではありません。」

その時、王妃はにこやかな顔でナーダに話しかけていた。

「ナーダ、ニーダもそれほど帝王学を学んだわけではないのです。皇太子になる時に少し拒んであなたの噂を気にしていたわ。でも、皇太子になって良き国王のお導きで、立派に政務をこなしていたのよ。侍従たちともよく相談しますから、案ずることはありません。」

「もったいなき言葉をありがとうございます。勇気をもって国難に対処すべく、日々精進していきますのでよろしくお導きください。」

「うん、良かろう。何か望むところはあるか。」

「はい、共和制を敷いて総統となり独裁政治を企てようとする、宰相オズワルドとその一味を処罰してください。」

「あい分かった。近衛隊長、オズワルド一味を逮捕して厳重に処罰せよ。」

「御意。」

　こうして、ダビデ王国には平和が訪れることになる。ナーダは、ナターシャとの出会いのことをつぶさに国王に話してみた。

「ところで、そのナターシャ姫という方はお前の体の中で存在しているのか。」

「はい、父上。この度のことでナターシャには随分と世話になりました。また、お恥ずかしきことながら友達のように親しくお付き合いさせていただきました。」

「それなら、お前も一国の皇太子として親しくお付き合いしていただいたらどうかな。」

（国王、聞こえますか。私も、ナーダ様とは添い遂げたいと思っておりました。）

「ナーダはどうかな。」

「私も異存はありませんが、一度容姿を見たいと思っております。」

（ビエル、私の写真を見せてあげて。）

　そこには、まるで白雪姫のような可憐で清楚なナターシャ姫が写っていた。

王妃は言った。

「このような方なら、ぜひナーダのお嫁さんに欲しいわ。ナーダの立太子式とナーダとナターシャ姫の婚礼の儀を同時に行わなければなりませんわね。ねえ、国王。」

「それなら、そう取り計ろう。」


ナーダたちは国王の船で、ルーテル国へと向かった。ルーテル国の医療技術は進んでおり、慎重にナーダの体からナターシャ姫の分離手術が行われ、成功した。ナターシャはルーテル国王に報告して、多額の持参金をもってセントモーガスのダビデ王国へお輿入れを行った。


その後、国を挙げての立太子式と婚礼の儀が盛大に行われ、国民たちには平和で安定した社会が約束された。二人は、新婚旅行を兼ねて公務で初めて東欧四か国への表敬訪問に旅立っていく。

二人はダビデ王国のために全力を注いだ。帝王学に疎いナーダをナターシャが陰ながら支えていた。やがて、子宝にも恵まれ、二男一女を儲け、幸せに暮らしたという話である。

（完）

緑の園

歴史の流れは悠久である。その中では様々な事実が存在してきたのである。広大な宇宙に目をやると、銀河空間のいたる所で地球が存在する以前の、先史の時代の歴史と文化が存在していたそうである。これから話すのはそんな時代の、今から約三億年も前の話である。

プトレマイオネス銀河団のはるか彼方にミトコンドリアン星域が存在している。その中にも無数の銀河団が散在していた。その中にある惑星ディガロンという星で一人の王子が誕生した。幼名はキロフといった。キロフの住む王国は金の埋蔵量が多く、古くから交易や貿易で栄えていた。ミトコンドリアン古代語では、キロフの国は「金を持つギルド」という意味があった。

キロフの父はタマックと言い、ディガロン王国の皇太子であり、祖父の国王アントニオスの摂政も兼ねていた。キロフは字名をリカエルと言い、リカエル・キロフと呼ばれていたのである。

リカエルは物心ついた頃から英才教育を施され、主要五教科の他に音楽、美術、芸能などに秀でていた。ある時、リカエルの侍従が珍しい置物を見せてくれた。それは虎の置物で光にかざすと目からプリズムが生じ、宇宙の模式図を空中に描くという三次元プラネタリウムのようなものであった。原理は光から陽電子発光し自己発電をして、それにより宇宙を表現するという代物《しろもの》であった。

リカエルは毎日のようにこの道具を使い、宇宙の様子を楽しんでいた。やがて、この置物の光が、リカエルの身体にある異変を起こすこととなった。

或る日、侍従が突然やって来て、こう言った。

「これからすることは古代より念動力があるかどうかの試験です。糸に結ばれた穴あきコインを心で念じて、動くように祈ってください。古来よりトラの置物の光を浴びて育ったものにはこの力が宿るという言い伝えがあります。」

「じい、何と祈ったらいいの。」

「坊ちゃま、動けと念じてみてください。」

リカエルが心の中で「動け」と念ずると、コインはゆっくりと回転をし、やがては素早く回るようになっていた。

「坊ちゃま、やりましたぞ。この虎の置物は正真正銘の本物だったようです。」

「じい、この置物は高いのかい。」

「はい、お父上が気に入られて買われましたが、十万ルーブルもかかりました。」

「坊ちゃま、この置物を大切にしてくださいませ。」

「じい、分かったよ。」

それ以降も、リカエルはたびたび宇宙の模式図を珍しそうに見ていた。

リカエルは王子としての帝王学を学ぶ上で、行儀見習いや芸事にも熱心に教育を受けていた。ピアノ、バイオリンはもとよりバレーやクリケット、ポロや格闘技の練習にも励んでいた。リカエルには、姉が一人いた。名前をボローニャといい、幼い頃のリカエルの唯一の遊び友達でもあった。

母のフラワー、父のタマックと共に国王の園遊会の場で楽器を演奏することもあった。姉はフルート、父はチェロ、母はオルガンを演奏し、リカエルはバイオリンを担当していた。皇太子家族は国民に慕われて、宮廷を訪れる国民を大いに楽しませていたのだ。

リカエルは姉とよくお手玉をして遊ぶことがあった。ある時、得意の念動力で器用に操ってしまったことがあった。

「あら、ずるいわね、リカエル。手を放したままでお手玉するなんて。」

「姉さん、僕念動力の使い方がうまくなったでしょ。ほめてくれてもいいじゃないかな。」

「分かったわ。お見事よ。でも私とは正々堂々と勝負してね。」

「ああ、分かった。ボール投げの要領でやってみるさ。」

「ほうら、勝ったわ。念動力を使わないなら、私に分があるみたい。」

その日以降、姉の前では念動力を封印していた。リカエルにとっては、姉が唯一の大切な遊び友達だったからである。

やがて、リカエルは小学校へ通うことになった。通常、王侯貴族は宮廷内にある王立小学校へ行くことが慣例となっていた。そこで初めて、リカエルは女の子の友達を持つことができたのだった。名前をシーラ、ザイチェフ侯爵の二女だ。小学校では男女関係なくアルファベット順に席が決められるために、偶然にもリカエルの隣の席が与えられていた。シーラはスポーツや芸能にも秀でており、とても愛くるしく可愛かった。リカエルは学級委員で、シーラは副委員になった。ともにホームルームで司会進行を務め、クラスの人気者になっていく。運動会でもリレーでシーラは大活躍をし、リカエルも淡い初恋を抱きシーラには一目置いていた。授業中もリカエルはシーラに取り留めのないメモのようなものを渡しては、気があるそぶりを見せていた。シーラにとっても王子は一目置く存在となり、ともに仲良く学生生活を送っていた。

そんなある日、シーラは父の所領の変更で遠くの星に引っ越すことになった。リカエルはシーラにもう会えないと思うと、心が張り裂けんばかりになっていた。浮かない顔をして数日を過ごすことになる。

別れの日がやってきた。シーラは手紙に刺しゅう入りのハンカチを添えて手渡してくれた。

「リカエル、古くからの言い伝えでは、別れの時にハンカチを送ると良い思い出になるというの。」

「君だと思って大切に取っておくよ。」

「向こうに着いたらあいさつの手紙を送るから、必ず返事を頂戴ね。」

「ああ、分かったよ。」

その後、三度ほど手紙のやり取りがあったが、その後は二人とも熱が冷めてリカエルの胸に淡い思い出となって残っている。

それからは学校での勉強と男友達とのスポーツに精を出していった。

或る日、学校から宮廷に戻った時、侍従は見知らぬ中年男性を連れてきた。

「こちらはユダ様とおっしゃる方です。お坊ちゃまの情操教育のために、遠い星からはるばるお越しいただきました。」

「こんにちは。僕、リカエルと言います。よろしくお願いします。」

「まずはテストをします。それではお坊ちゃま、念動力がどのくらいかを試してください。」

「どうすればいいの。」

「コップの中にピンポン玉を入れます。これを浮かせて、回してみてください。」

「そんなの朝飯前だよ。」

リカエルは器用に念じてユダに見せてみた。

「それでは今度はクリケットのボールを入れてみます。同じようにしてください。」

これにはリカエルもやや手こずったが、何とか回して見せることができた。

その日以降、同じように何度も何度も念動力を使う練習が続いた。

「これは皿の上に乗せた鉄球です。空中で自由に動かしてください。」

「鉄の球を浮かせるなんて無理だよ。」

「そう言わずに。精神を集中させて念ずるのです。」

リカエルが深く念ずると、鉄球は浮き、自在に動き始めた。この時、リカエルは自分の力が増幅しているのに初めて気が付いた。

それ以降、リカエルはユダに促されるままに、部屋にあったいすやテーブルを動かせるようになり、とうとう食器棚までも自由自在に操れるようになった。

この頃になって、ユダは初めてリカエルが成長したことに気が付き、こう言った。

「私も浮かされないように念を張ります。それでも私を浮かせることができるかやってみましょう。」

さすがにその時は、師匠ユダの念動力の方が上まわっていた。師匠の身体はわずかに浮いたに過ぎなかった。リカエルは自室に戻り、置物の虎の幻灯機をつけてその光を浴びながら、さらに重たいベッドや家具一式まで浮かせて自在に動かす訓練をした。

やがて時が来ると、リカエルは自信を持って師匠のユダにこう望んだ。

「ユダ様、私の念動力を受けてください。師匠も力いっぱい抵抗してください。」

「それでは真剣勝負を致しましょう。」

ところがこの度はリカエルの力のほうが強く、老いたるゆえかユダも最後は空中に投げ飛ばされてしまった。

ユダはこう言った。

「お見事です。でも念動力を暴力にしてはなりません。これからは愛情を学んでいってください。」

こうしてリカエルは秘めたる力を持ちながら成長していった。


リカエルが中学生になった頃、ある交通事故に巻き込まれた。中学校は中高一貫の王立の学校で、宮廷から一キロメートルぐらいの距離にあった。リカエルが登校しようと通学路を歩いていた。その時、一隻の飛行艇が暴走し始め、リカエルに正面衝突しそうになった。リカエルは危険を感じ飛行艇に制止するよう心で念じ、念波を与えた。幸いにも停止した飛行艇を、リカエルは念動力でゆっくりと降下させ、リカエルにも飛行艇の操縦者にもかすり傷一つ負わせなかった。

このことはマスコミにも大きく報道され、リカエルはユダの弟子の一人として超能力者とあがめられる存在になっていった。リカエルの噂はたちまち近隣の惑星群にも広まっていった。

そんな折、父のタマック皇太子の随行として、公式訪問の旅に出る。

元来王族皇族は戸籍を持たないものが多い。このため古来、公式訪問の際には必要な銀河パスポートは発給されない。銀河パスポートの発行は、各連盟、連邦、連合、同盟などが各々独自に行っていた。ところが、王侯貴族や孤児難民などはサルジニア公国、リトアニアやルビジニアなどの機関公国の発行する公国パスポートを所持する必要があった。この時代には、機関公国は前史から存在していた三公国に全世界統一宇宙会議より委任されていた。リカエルの旅の目的もこの機関公国訪問が主な目的であった。その中で一番勢力のあったサルジニアを表敬訪問して、公国パスポートの発給を受けることになっていた。

サルジニア公はこう言ってリカエルらを出迎えてくれた。

「ようこそお出で下さいました。国王のジュトウです。リカエル様の噂はよく伝え聞いております。どうぞごゆっくりとなさってください。」

「初めて拝謁いたします。ユダの弟子のリカエル・キロフです。失礼ながらこのようなことの挨拶で失礼いたします。ご観覧の皆様も篤とご覧ください。」

リカエルはサルジニア公を、座っている玉座ごとゆっくり浮かして回転させた。

「お見事です。感服いたしました。それでは公国パスポートの発給を受けてください。」

その後は皇太子に随行して、東欧三か国を公式訪問した。もちろんそれ以降の旅には公国パスポートを常に携行した。

やがてリカエルは十五歳になった。中学二年生の誕生日に、元服式に臨むことになった。元服式ではリカエルに髷《まげ》が結われることになっている。側頭部を刈り上げ少し生え始めた髭を丁寧にそろえられた。リカエルは宣誓し晴れて王族と認定され、頭には王家の紋章のついた烏帽子をかぶせられた。祖父の国王は王家の習わしとして、リカエルに元服名を与えた。そして王家に伝わる黄金の剣を与えてこう述べた。

「ガルボと名乗るがよい。わしも思い残すことはない。お前が立派に成人してくれたので、わしも国王の地位をお前の父に禅譲しようと思う。」

「ありがたきお言葉です。」

一週間のちに父のタマックの即位式とガルボの立太子式が同時に盛大に行われた。盛大なパレードと内外の要人を招いた晩さん会が催された。国王タマック・キロフと皇太子ガルボ・キロフの即位のパレードは銀河ネットでも放映され、多くの感動を呼び起こした。


ガルボがいまでも鮮やかに記憶にとどめていることがある。初めて皇太子として、公式訪問した中央アジアの国々の歴訪はとても印象的であった。宗主国にあたる銀河帝国やムガール王国、カチャーシャ公国などを巡った。銀河帝国のイワン雷帝の面前では見事、念動力を使った黄金の剣の真空切りで、出された果物を見事にカットしてみせた。銀河皇帝はガルボにデュークという称号を与えた。

この旅で受けた取材内容が銀河新報に大きく報じられ、ガルボはうわさに聞いた、ソルジャー軍団銀河シークレットサービスにスカウトされることになった。

旅の途中で指令により一人で十三人の悪漢を退治した。相手はレーザー銃やマシンガンでガルボに抵抗したが、難なく黄金の剣の真空切りと念波で防御して、念動力で相手をたちまち捕らえた。このことが更にマスコミに報じられ、今ではデューク・ソルジャー・ガルボと呼ばれ崇められている。

やがてガルボの名声を聞いた腕に自信のある者は自分自身の名声を上げるために、はるばる銀河の果てからキロフ王国にやって来るようになった。その大多数がガルボに戦いを挑んでは、あっけなく敗れてしまった。もちろん、そんな中にも強者はいた。中でもファウテル兄弟は自信満々で、兄のジャーキーはガルボに向かってこう言った。

「ガルボ、よく聞け。俺は幻術使いの名手だ。まずは、俺が仕留めてみせるわ。」

ガルボは、まとめて相手をするといったが、弟のケルビンは黙って事の成り行きを見ていた。

「いざ、参るぞ。」

ファウテルの放った火炎の術に、ガルボはたちまちにして火に取り囲まれてしまった。周りを取り囲んでいた皆はだれもがこれでガルボも終わりかと思った。しかし、ガルボは念波で炎を退け、黄金の剣の真空切りで炎をファウテルの方に切り返していった。ファウテルは火だるまになり、あえなく自分の術にはまって立ちすくんでしまっていた。

それを見ていた弟のケルビンは兄を魔術で炎から救ってやり、ガルボに向かってこう言った。

「私の魔術は兄のようなまやかしの術ではないぞ。黒魔術にあるエイブラハムの魔方陣を受けてみよ。」

たちまちにして大地はうなりをあげてゆっくりと回転したかと思うと、同心円状に幾重にも速度を上げて逆回転し始めた。ガルボはうめいた。

「ううっ、この程度のことでこのガルボが参るものか。」

ガルボはなすすべもなくひたすら耐えていたが、ある考えが閃めいた。陣の様子を見て目の部分に黄金の剣を突き刺して、穴を空けたのだ。右手で念波を剣に伝えながら、飛ぶように宙に舞って念動力で陣の静止を唱えた。すると魔法陣は消え、ガルボの念動力でケルビンは強く地面に叩きつけられた。

「許してくれ。命だけは助けてくれ。何でもお前の望み通りのことを聞くから。」

ガルボはこう言った。

「お前たち兄弟の一番大切にしている宝物を寄越すなら許してやろう。」

「分かったよ。宝物の謎を秘めた緑の古地図を渡そう。でもいわれも秘密もよく知らないのだ。」

ガルボは緑の古地図を受け取り、意気揚々とその場を立ち去った。

緑の古地図はラクダの皮でできており、その中に刺繍で宮殿とそれを取り巻くような三本松の生えた湖が記載されているだけだった。

　ガルボはあちこち訪ね歩いてその地図の場所を探ろうとしたが、容易に探し当てることはできなかった。王子の頃の侍従は侍従長になっていた。皇太子の部屋には例の虎の置物が今も置かれており通称マジョルガーと呼ばれていた。不思議な力を持つ道具らしかったが、ガルボは幻灯機のような使い方しか知らなかった。

　ある時侍従長がやってきて、こんなことを言った。

「殿下、宮廷の博物学者によると、マジョルガーの目には不思議な力が宿っているそうです。あの地図でマジョルガーの目を拭いてみてはいかがでしょう。マジョルガーには場所を探し明かす機能もあるようです。」

　ガルボは言われるままにそうした。すると、マジョルガーの目から光が流れ、部屋の中に西アジア地方の様子が映し出された。マジョルガーの目は映像をクローズアップし、サマルカルト平原、メソピタ川と映像が移り変わりその後に三本松のある湖が映し出された。三本松の向こうに宮殿が現れ、ガルボはようやくその場所を特定できたと興奮した。

ガルボは映像に現れたサマルカルト平原に出かけることに決めた。この平原はタイガー王国にある。数頭のラクダとラクダ使いを雇い、案内人を連れて西へ西へと旅をした。

やがて平原にたどり着きメソピタ川を遡っていくと、湖にたどり着いた。対岸には三本松が植えられており、はるか向こうに宮殿を見ることができた。

湖に橋はなく、対岸に渡ることは容易ではなかった。ガルボはとっさに黄金の剣を湖の中に入れ、念を唱えた。すると湖は二つに裂け道のようなものができた。一行は慎重にその道を歩んでいった。

タイガー王国は銀河恒星連邦の銀河連邦に所属しており、連邦では三番目に古い国である。西アジア地域に位置し、砂漠と原野で国土の三分の二が覆われており、石油や石炭の産出で古来、隆盛を極めていた。砂漠の真ん中に素掘りの油田が無数にあり、この国を訪れた人はどのようにして鉱脈を掘り当てたのかを、不思議に思うほどであった。この国には門外不出の技術があり、電磁的な探査波を大地に送りつけ、その反響で鉱脈を探っているそうだ。この光波はマジョル波と呼ばれ、この国では開発はされているが、その製造方法は全く秘密とされていた。この国を訪れる技術者の多くは俗に言うマジョル宮殿にその秘密があると伝え聞き、マジョル宮殿を目指して旅立っていたそうだ。しかし多くは帰らぬ人となっている。

噂によると、宮殿は難攻不落の丘にそびえており、巨大なマジョルガーが門番となっているそうだ。また、この宮殿に入るには緑の古地図を保持していなければならないとも言われていた。

一行は湖を渡る前に、泉のあるオアシスで休憩をした。泉からは清水が滾々《こんこん》と湧き出て、周りは緑色と果樹の彩りで極彩色のように華やかだった。蝶や鳥が舞い、ガルボはこの世の楽園のように感じた。この地では村人たちは農作を行っており、ゆっくりと談笑しながら作業をしている様子だった。

泉に水汲みに来ていた娘にガルボは尋ねた。

「娘さん、この地は何という村ですか。」

「はい、緑の園と申します。あなた方もマジョルの秘密を手に入れようと来られたのですか。」

「私はキロフ国の皇太子ガルボ・キロフと申します。秘宝を持ち帰り、平和のために利用しようと考えています。あなたはなんてお美しいのでしょうか。名前を聞かせてください。」

「村の族長の娘でジェイドと申します。あなたに一つだけ忠告を申しておきます。」

「何でしょうか。」

「入り口の扉がもし開いても、常に左手で壁に触れながら王の部屋にたどり着き、王の部屋を出る時もそのまま左手の壁伝いに出口に出るようにと、言い伝えがあります。どうか心してお進みください。」

「分かりました。ありがとうございます。お礼に何をすればよいでしょう。」

「このような身分で言えた道理ではないのですが、もしこの場に戻ることができたら、私を側室の一人にでもしてください。村の古くからの習わしです。」

「分かりました。約束しましょう。」

ガルボたちは三本松を越えて、丘をゆっくりと登り始めた。やがて、宮殿が間近に見えると、そこから先はガルボ一人で砦のような崖を登っていった。一番先端には頑強な大きな岩がせり出していた。ガルボは剣を深く突き立てて念動力で身体を宙に浮かせて、宮殿の入り口近くに降り立っていった。謎の宮殿の入り口には三メートルもある巨大なマジョルガーがそびえ立っていた。

ガルボに反応したマジョルガーは宇宙共通語で次のような質問をした。

「古地図は持っているか。」

「ああ、持っているよ。」

「勇気を試そう。その地図で俺の足元の爪を拭いてみろ。」

その通りにすると、途端にマジョルガーの目が発光して謎の光線がガルボに襲い掛かった。ガルボはとっさに黄金の剣で光線を躱《かわ》し、念波でブロックすると、黄金の剣を放り上げ、マジョルガーの目に突き刺した。

マジョルガーは言った。

「勇気を認めよう。俺の負けだ。通ってもいいぞ。目指すは玉座の間だ。」

扉が開いて、ガルボは宮殿の洞窟の中を進んでいくことになった。ジェイドに言われたように左手で壁に触れながら、慎重に一歩一歩前進していった。道は幾重にも分かれていたが、左手を壁から離さずに進んだ。

小一時間ほど進むと窓から明かりの漏れた部屋にたどり着いた。これが玉座の間であろう。真正面に豪華な玉座が置かれてあった。

玉座の前には棺が置かれ、棺の横に宝箱のようなものが置いてあった。鍵はかかっていたが、黄金の剣の真空切りで鍵を切り取った。中には古めいた百科事典のような古文書が一冊だけ入っていた。ガルボは秘密の古文書を右脇に抱えてジェイドに教えられたように、左手で壁に触れながらゆっくりと歩き、難なく入り口までたどり着いた。マジョルガーは目を閉じており、黙って見過ごしてくれるようだった。

宮殿の断崖から丘を飛び越え、三本松に剣を突いて湖を飛び越えるように、念動力で空中に舞った。そして泉のほとりへ降り立っていた。ラクダ隊も泉のほとりで待機してくれていた。出迎えてくれたラクダ隊の隊長は賛美の言葉を贈ってくれた。

また出迎えたジェイドはガルボをねぎらった。

「おめでとうございます。ご無事で何よりです。」

「ありがとう、君のおかげだ。ところでこの文字は何という言葉だ。」

「古代のタイガー語でホメロバ語と申します。」

「君は理解できるのですか。」

「小さい頃に少しは学びました。でも、伯父ならすべて理解できると思います。」

「なら、話は早い。君と伯父さんとで僕の国に来てください。そして、約束通り君を側室に迎えよう。」

ガルボは国に帰ると、ジェイドとの婚約を発表した。また、村の長老であったジェイドの伯父を中心に、化学者、物理学者、言語学者からなる特別チームを発足させた。

特別チームではマジョルガーの目の発光の秘密をはじめ、この実験的プランとそのプランを実行するプラントなどの建設にプロジェクトチームを創設して、日夜研究を重ねた。

それから約五年が経過した。ジェイドは側室ではあったが、ガルボとの間に王子や王女ももうけていた。ようやく、マジョルプランの実用段階のプラントが完成した。高密度型の圧縮磁場電動発光のエネルギープラントである。

このプラントで化学組成された金属で、新しいジェイドの王子用の黄金の剣も創作された。マジョル発光の方式ゆえマジョルの剣と名付けられた。ガルボは王子を、ジェイドは主に王女を育て上げることに専念した。王子の幼名はウェポンと名付けられ、念動力の使い方からマジョル剣の使用方法までガルボは懇切丁寧に指導していく。

やがてガルボはキロフの国王となり、皇太子ウェポンは二代目ガルボという名前で、銀河に名をとどろかす英雄になったそうだ。

（完）

著者プロフィール

苗田　英彦（なえだ　ひでひこ）

昭和30年1月26日 兵庫県伊丹市生まれ。兵庫県在住。
昭和45年4月 兵庫県立伊丹高等学校入学。
昭和48年4月 神戸大学工学部土木工学科入学。
昭和53年3月 同卒業。
昭和53年4月 兵庫県加古郡播磨町役場就職。
昭和63年3月 同退職（主に都市計画行政を担当）。

28歳の時　軽い不安神経症に悩む
平成5年9月 母死去（天涯孤独となる）
平成6年5月 統合失調症により入院
平成6年から詩の創作を始める
平成6年11月 2級の障害基礎年金、及び共済障害年金受給決定
以降入退院を繰り返す
趣味　夫婦旅行

平成18年1月 自主制作詩集「白い世界」（非売品）
平成19年1月 自主制作詩画集「今を生きる」（非売品）共著／高見雄司
令和元年9月 処女詩集「生を受けて」風詠社
令和4年6月 詩集「君にしてあげられること」風詠社
令和4年9月 「灰色の世界の頃　―苗田英彦作品集―」文芸社
令和5年9月 詩集「あけぼの」風詠社
令和5年10月　日本詩人クラブ会員に登録
令和6年4月 「夢のように　―苗田英彦作品集2―」文芸社
令和6年9月 「詩集　いつまでも　―苗田英彦作品集3―」文芸社

ブログ 「生を受けて（苗田英彦のブログ）」

大いなる意志

2024年12月15日　初版第1刷発行

著　者　苗田 英彦
発行者　瓜谷 綱延
発行所　株式会社文芸社
〒160-0022　東京都新宿区新宿1－10－1
電話　03-5369-3060（代表）
03-5369-2299（販売）

印刷所　株式会社平河工業社

ISBN978-4-286-25991-8